This is me. I looked like a tiny bean when my
new bilingual family adopted me.

İşte bu benim. İki dilli ailem beni eve aldığında
neredeyse bir fasulye tanesi kadar küçüktüm.

I am small and super fast, and they named me Minutka.

Çok minik olduğuma bakmayın, çok hızlı koşabiliyorum.
Adım da Minutka.

Minutka

I am a bilingual doggy,
fluent in Turkish and in English.

Ben iki dilli bir köpeğim.
Hem Türkçe, hem de İngilizce konuşabilirim.

As I grew more and more, I started to . . .

Büyüdükçe . . .

. . . listen.

. . . dinlemeyi öğrendim.

When they speak to me in Turkish and in English,
my ears get bigger and bigger.

Benimle İngilizce veya Türkçe
konuştuklarında hemen kulaklarımı dikiyorum.

I turn my head when they call my name.

Bana seslendiklerinde de başımı çeviriyorum.

When they say,
"We love you so very much!" I smile.

"Seni çok seviyoruz!" derlerse gülümsüyorum.

Oh, how much I like to give kisses.

Onlara öpücük vermeye nasıl da bayılıyorum.

I even know how to shake paw.

Tokalaşmayı bile biliyorum.

When I do a trick, my family gives me a treat.

Bir hünerimi sergilediğimde ailem beni ödüllendirir.

What's that? A tail? Is it mine?

Bu da ne? Bir kuyruk? Benim mi bu kuyruk?

Do I have a mohawk on my back?

Sırtımda da tüyler mi var?

Who cares, let's play ball!

Neyse, boşverin. Haydi top oynayalım!

Or drink from the sprinkler.

Ya da şu fıskıyeden su içelim.

Wait for me! I want to fly too!

Bekle! Ben de uçmak istiyorum!

Now, I will show you how to dig.

Durun, size kazmayı öğreteyim.

I can run in circles too!

Böyle fıldır fıldır dönebiliyorum, bakın.

Oh boy! Yesterday I swam for the first time
in our little pond.

Hey! Dün ilk kez küçük havuzumuzda yüzdüm.

Chase me, I snatched your sock and undies!

Çorabını ve çamaşırını kaptım. Yakalasana beni!

Look at me! I'm a ballerina.

Bak! Balerin oldum.

And a yoga master.

Şimdi de yoga uzmanı.

I really don't like walking on a leash.

Bağlanmaktan da hiç hoşlanmıyorum.

But I like leaving presents!

Ama küçük armağanlar bırakmaya bayılırım.

I even know how to water the grass.

Çimleri sulamayı da biliyorum.

I am Minutka. Who are you?

Benim adım Minutka. Sen kimsin?

This is my friend, Jimmy the Cat. He is very big.

Bu benim arkadaşım Pisicik. Çok iridir.

And this is Frog. We like jumping together.

Bu da Zıpzıp kurbağa. Birlikte zıplamaya bayılırız.

Who are you?

Sen de kimsin?

Hello, Turtle. Do you speak Turkish too?

Merhaba Kaplumbağa. Sen de Türkçe biliyor musun?

Come on, play with me!

Haydi, benimle oyna!

Now it's night, and the moon looks like a big banana.

Gece oldu. Ay kocaman bir muza benziyor.

Shhh! Sleeping Beauty!

Şşşş! Uyuyan Güzel uyanmasın!

I dream in Turkish and in English.

Rüyalarım hem Türkçe hem de İngilizce.

Sometimes, I stretch in my dreams . . .

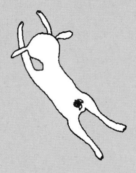

Bazen upuzun yayılırım rüyalarımda . . .

. . . or I run very fast.

. . . ya da hızla koşarım.

"Minutka, please stop snoring!"

"Minutka! Horlamayı kes artık lütfen!"

Now, I am rested and ready to start another day . . .

Dinlendim işte. Yeni bir güne hazırım.

. . . in my two languages.

. . . iki dilli olarak.

I am a bilingual dog 24 hours a day!

Ben günün 24 saatinde iki dilli olan bir köpeğim.

So long . . .